過剰

大野南淀
藤本哲明
村松仁淀

目次

大野南淀

藤本哲明

村松仁淀

過剰

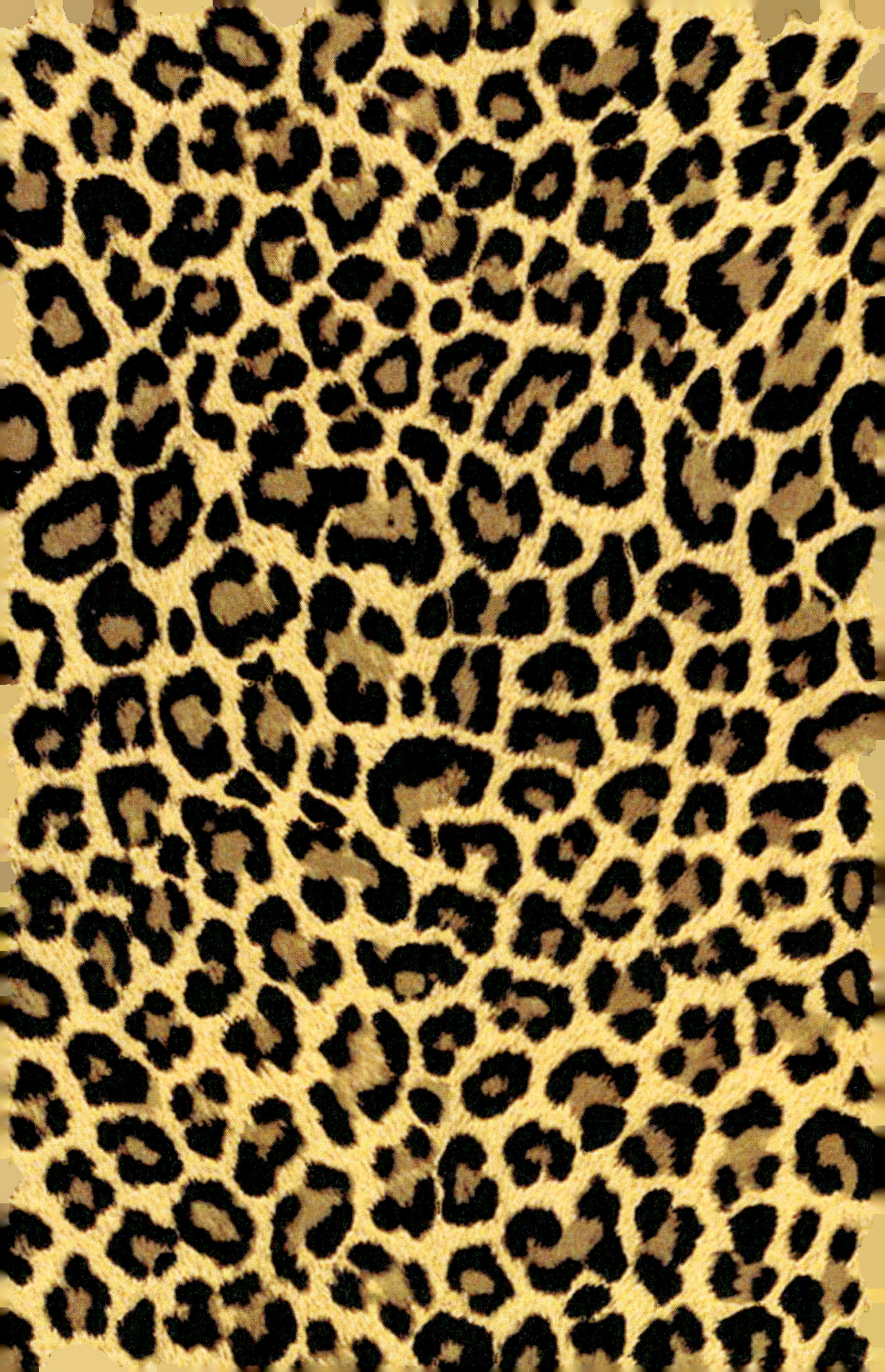

偏執狂的論文

安易に悲しむな
などという
にんげんこそが
たやすく
悲歌と結託する
それでいて
溺れ、死んだ
といううじじつ
聞いた
試しがない

それは
端的に
不吉である

うみにしかゆくな
（じゅすい、だってよ）

入水、という
語が
日常の
傍らにある
にんげん

うみにしかゆくな
（なんでわざわざふくなんてぬぐのさ）

ジャケットの
すべての
ポケットに
重石を
詰めている
だから、
まっすぐに
歩けない

うみにしかゆくな
（いつから二度漬けなどゆるした）

それは
作法の類
であって
安易に悲しむな
のにんげんこそが
たやすく
二度漬けは禁止な
などと
口にする
それは
挨拶だから
などと
というなら

すべての
挨拶を
わたしは
こんご
拒絶しようと思う

そして、
すべての
挨拶を
拒絶して
うみにしかゆかない
あなた、
という事例を
ここに

提出する

会社を辞めたときはべつに病気とかあっごめん症状と
かでてへんかったんやろいや症状、症状でとるよそりゃ
あれあの公園のベンチでいちにち寝とったてゆうやつ
詰まり

会社を
辞めようと
したのではない
朝起きて
そのまま
駅に向かわず
明舞団地

の一五階くらい
の渡り廊下
に居た
その後
向かいの
松が丘公園に
移動し
ベンチに
横になり
朝いちで
向かうはずだった
舞鶴の
工場のことも
気にはなった

しかし
わたしは
その日
いちにち
松が岡公園の
ベンチ
で過ごしたのだ
七月のことで
ああ、
これでクビだな
とさえ
勘案することができず
スーツ姿
でネクタイ

絞めて
五、六時間
ベンチで
横になっている
そのことを
不審がられる
かもしれない
とも勘案できず
蟻がやたら
這っている
のと陽射し
がやたら
きつい
そのことしか

頭にはない
ああそうだ団地の十五階から公園のベンチに移動する
あいだに団地の一階のスーパーでクリームパンをひと
つ買って喰ったのだスーパーの軒先の机で小学生がふ
たり夏休みの宿題らしきものをしていて

松が丘公園
には来たことがある
遠足だ
公園内の
あちこちに
指令や
宝物箱が

用意されていた

あれほど
手の込んだ
遠足は
なかった

症状て何なん薬のんどったら出んてゆうてたやんまあほら何度か入院しとるから再発するたびに弱まるんやって耐性がバネみたいなもんで繰り返すたびに耐性がなくなっていつかはポキンと折れるつぎでかいのやらかしたらもう戻ってこれないかもしれませんよと真顔でかかりつけの医師に諭されたことも忘れかけていて

松が丘公園
のベンチで
遠足のことなど
思い出しはしない

言葉が
足りないうえに
余って
仕方がない
そういえば
少しは
伝わるか

いつアパートに戻ったのだったか社用のものも私物も
携帯電話は明舞団地のどこかに捨てたあるいは落とし
たアパートに帰ると居候が居てひとことも言葉など口
から漏れず翌日困った居候はしりとりをしようと云う
しりとりは可能だったたつまり機能としての失語などで
はないただ言葉があまりに溢れていて同時に全く足り
ないゆえにしりとり以外は不能だっただけで

しりとり
も次第に
成り立たなくなってゆく
遠足、
と云われ
纏足、

と答え
纏足、
と問われ
豚足、
と答え

わたしはめっぽう纏足という単語に詳しいわけではないその歴史的な背景など無論知らないただ遠足、と云われその松が丘公園で興じた遠足のことをそれはじじつあったのだが公園のベンチで寝ているさいにそのじじつを思い出したかどうかそのことを事後に仮構することが嫌なのだ仮構することが嫌なのではない事後というのが嫌なのだ幼少の頃から布を巻きつけ形成された美しいおみあしその美意識が嫌なのではないそれを

愛でる人間が存在する限り纏足は続くのだ嫌であるの
は事後ということだ幼少のじじつを事後に塗り替えて
までいまのじぶんを生かしめることが所作のひとつと
いうならばわたしはそれを纏足より憎むだけのはなし
であるつまり衝動でもなく計画でもなく明舞団地十五
階に向い降りてきてクリームパンをひとつ齧るそのた
めにはパン屋の店子と言葉は交わさずとも銭とクリー
ムパンひとつの交換をしていたのであるそのじじつの
ほうが重くはないかたとえほんとうに買い喰いしたも
のが豚足であったとはいえ

彼が
最後に
口にした

言葉を
知りたい
などと
思ったことが
ない

彼が
最後に
食べたもの
は何だったか
クリームパンか
豚足か

ことしも滞りなく十一月が来たつまりあなたの命日

であるあなたが死んだのを知ったのは翌年二月のこと
だった咄嗟に思ったことすなわち即座に浮かんだこと
ばとは「三ヶ月も気づかなくって、許してくれ」

しかし、
許さないこと
その義務
がいっぽうで
あって良い

わたしは
もうじき
あなたの齢
を追い抜く

そのこと自体に
何の意味も
ひとかけらとして
ない
繰り返すが
年齢などという
外在的な
区切りなど
くだらない
どうでもよい
しかし、
じじつとして
わたしは
あなたの齢

に追いつき
もうじき
追い抜く

あなたは
とうぜん
咎めて良い
あなたの
ために準備される
すべての
悲歌を

だからおれは思うあなたが死んでそれがあまりに見事
な最期だったと聞きおれが知っているあなたから想像

できる、その想像に余りに一致するかの如き錯視に陥りそうなほど完璧な幕引きであったと聞きそれはおれにはぐうの音も吐かせない完璧な幕引きであったと聞きあらゆる事象に配慮を効かせた完璧な幕引きであったと聞きそれはあなたがあなたの死後にあなたの引いた幕をぜったいに汚すことを許さない幕引きであったと思う詰まりあなたは許さないという義務を全うし生き残ったにんげんなどに事後、いささかもその幕の内側を身勝手に語らせることを許さないという義務を全うし

つまり

完璧にだ

事後を

拒み、

しかし、その
すぐ傍らでだ
おじちゃんはひとりでは寒いだろうから骨はじぶんが
死んだときに一緒に墓にと云うおばちゃんは××よよ
くやったと思うんよと云う

わたしは

わたしは
あなた、
と交わした

すべての
ことばの塊
思い出しはしない
なにをか
わたしがか

言葉が
足りないうえに
余って
仕方がない
そういえば
少しは
伝わるか

ミホちゃん、キャラ崩壊中

まったく知らない人間
まったく好きになれそうにない彼のために
ここに椅子を用意する
——福間健二「問題はあとひとつだ」

なに部やったっけ
テニス部
ああ、てにぶか

大野さん病んでんねんて
なんでなんで
うち、小学校のときちょっと友達やったのに
学校もう来てへんらしいよ

ホムペ見てみ
ああ、あれは病んでんね
最近閉じたらしいわ
ミホちゃん以外の27回生全員死ねって
（え？）よりによってミホちゃんなん
なんでなんで
小学校のときめっちゃ明るかったやん
人気者やったで
うち、小学校のときちょっと友達やったのに

なに部やったっけ
テニス部
ああ、てにぶか　てにぶか

僕らはみんな病んでいる！
病んでいるから歌うんだ！

なにそれ？

ミホちゃんが歌っとったらしいよ（大声で
え？聴こえへんかった　もっぺん歌って　いやや　最近ミホちゃんヘンじゃな
い？　はじけてしまったというか　紅い実が？　それは寒いよ！　ああ、ミホちゃ
ん乗り移ってんちゃうん　やめろや　ああ、ああ、崩壊中、ミ、ミ、ミホちゃん、キャ、
ラ、崩、壊、中・・・

大野さん、ガッコ別に出てこなくてもいいんだよ「わたしたち待ってます」なん
て死んでもいわないから　ミホは舞ってます　毎日毎日舞ってます　手のひら、
ひらひら　タイヨウにかざして　今日も舞ってます　ロンド。

ミホちん、今日は環状線三周しました。新記録です。今宮で降りて天王寺公園ぶらついてたら、まだわかい兄やんが三千円で手で抜いてってぬかすから、わたし思春期で忙しいんですけどって断った。今日も空はあまりに高くて目眩がします。

あ、ぼくもテニス部だったんですけどね

ボクラハミンナヤンデイル／ヤンデイルカラウタウンダ
慌ててぼくは黄色い装丁に赤字でタイトルの書かれた
一冊の詩集のことを想いだし、
とりあえず「きみたちは美人だ」とノートに書き付けた

友人のね「手紙」っていうタイトルのブログに
〈言葉は、誠実に並べれば、祈りにも似てくる〉

って書いてあった

誠実に、がミソなんやろ
いや、並べる、がミソやで

「どんなにしんどくても連絡だけはしいや」
「はい、すんませんでした。ありがとうございます」

〈言葉は、誠実に並べれば、祈りにも似てくる〉
って書いてあって
ぼくは電車のなかで泣いた

釜ヶ崎の三角公園で
一ヶ月前

「よってき祭り」
というのやってて
よってったら
「ダンシングよしたかとロックンロールフォーエヴァー」
っちゅうめっさかっこええバンド
が唄ってた
御座のうえでぼくは
友達と聴き入ってた

ウォーン！
狼は吠え
日雇いのおっちゃんは
あまりにダンサブルで
言葉は、誠実に並べれば、祈りにも似てくる

またきて、サンカク
よくみて、シカク

ウタは、誠実に並べれば、祈りにも似てくる

あ、大野元気？
ミホちんも元気そうでなにより
それだけ
ただ、それだけ

〜♪ジャスティス・アズ・ア・カンヴァセーション

どこやったかなあ、赤土のコート。

ああ、育英高校やわ、イクエ。
あそこで試合待ってる最中、
それも長いねん、待ち時間が。
第一試合が朝あって、
第二試合始まるの昼過ぎやで、
ほんまかなんわ。
んでな、第一試合終わって
日陰でぼおっとしてるやん。
ポカリとか飲みながら。ぼおっと、
あほみたいなつらさらして。
だいたい、高校生くらいの悩みとか
十年たったら、あほみたいな悩みやったなあと思うやろ。

それはな、嘘やで。

「あと十年たったら
なんでも出来そうな気がするって
でも、やっぱりそんなの嘘さ
やっぱり何もできないよ
僕はいつまでも何もできないだろう」
って昔、部室で歌ってた先輩元気かな。

話もとに戻すけどな、その赤土のコート、イクエの。
全然コート整備できてへん。
イレギュラーしまくり。
あっついし、ボールはわけ解らんはねかたするし、
もうイライライライラしっぱなしや。

おーい、聴こえてる?·ミホさん。
大野寝るなって、もうちょっとやから、
もうちょっとだけ聴いて。
んでな、その赤土のコートの周りはな
陸上部が使ってんねん。
敷地が狭いからな、
たぶん併用してるんやろな。
野球場は立派やけどなあ。
んでな、その陸上部の走ってる連中のなかに、
めっさ髪さらっさらでな、
風になびかせながらスラーッした足で
ひょいひょいって走ってる
選手がおったのよ。
独りでずーっとコートの周り

走ってんねんけど、
これが、あまりに美しくってな、
おれ自分の試合どうでもようなって
ずーっとその選手を見てた。

いまやあらゆる比喩が陳腐になって
なににも例えられはしないが

二本の足を、誠実に並べれば、祈りにも似てくる

って想いだして
おれは電車のなかで泣いた

夢の盂蘭盆会

蓋し武門の天下を統治すること、是に至りてその盛を極むと云ふ
——頼山陽『日本外史』

I.

「……散開した農民軍の血に飢えたる鋤や鍬
義憤とは何ぞや、国家とは何ぞや、
白い鉢巻が赤く染まり、斃れた子供に
野良犬は集る——見ていたのだ、一部始終を、
士族のエートスの終焉を——」

盲目の琵琶法師はここまで唄い息を継いだ

誰かのガムを噛む、クチャクチャという音が
耳障りに響き——ぼくは——時計を見る、
昼過ぎだ、店屋物でも取ろうかしらん、ぼくは
チラリと横を見て、啜り泣く妻の姿に
気づくのだ、どうしたどうした、おい、
ハンカチが涙でぐしょ濡れだ、どうしたね、
声をかけようとしたそのとき——再び
琵琶法師は語りだす——「かえるの子は
かえる、さむらいの子はさむらいで
ありますゆえ、ただに討死とは申しましても
それなりの行儀がございます」ここは白河か、
壇ノ浦か、耳を澄ませば石臼を挽く
単調な音が続いているが——ぼくは全然

落ち着かず、寄せ木の仏像の虚ろな眼を
さっきからぼんやりと眺めている――

「……そこで雲衝く美丈夫の、栗毛の馬に
跨って、下郎が直れい、大喝し、」先ほどまで
静かに座っていた年寄り連中なのだが
それがやおら立ち上がりどよめいたものだから
こちらの腰が抜けてしまった
(年寄りというものは案外俊敏なのである)
ディス・イズ・ジャスト・ア
モダン・ロックソング、だけれどもここは
ライブハウスじゃない、場所をわきまえろ
妻の喪服に涙が乾き、それが塩の粉なんか
ふいていて――ディス・イズ・ジャスト

ア・モダン・ロックソング、場所をわきまえろ

ぼくはいったいこんな古寺で
いつから線香臭い夢のなか、いつまでも季節は
夏の盛り、汗ばんで、苛立って
いつからおまえたち――やめなさいってば――
「……かたびらの打ち当り擦れる音、重厚なる
コントラバスとチェロと地団駄、貴人は
手綱を繰って、敵陣のさなかへと
踊り込む――わっと湧き上がる喚声！民衆の
弱さを憎む声！」ぼくは、いい加減にしろ、
言ってやろうかと思ったが、ぼくは座っていた

Ⅱ.

冬――音がない
目覚めてしばらくじっとしていた
風呂に入らねばなるまいけれど
洗濯を怠ったので下着がない
ぼくの周囲からはさまざまなものが
消えていくようだ――いつの間に
貯金も底をついた――

ふわり、と体が宙に浮き――
また琵琶法師がやってくる
一の女御に追われている、ぼくが
助けてやらなくちゃ

ぼくが

Ⅲ.

「……何千万の厭味に曝され、何千万回
泣いたことでしょう、それでも私はひたむきに
端正な芸術を探し求めてまいりました」
茶を淹れてすすめても、口をつけすらせず
法師は、睨むようにして土壁の一点へ語りかけ
ベン、ベン、ベベン、ベン、と琵琶が鳴るから
ぼくも切なく、もう出口なしだという気がする

ひとの心は水ものだ、あるときは義に厚く

あるときは幼子を縊り殺し、またあるときは
仏性の顕現、五蘊に華咲き――べべベン、
襖はバッと開いて、白砂松の木遠景の富士の
ティピカルな、ある意味トロピカルな――
ぼくたちは切ないが、とても偏ったどこかで
永遠にお互いの味方だから、どうか
泣かないで、どうかぼくを信じて

この霊感がエオリアの竪琴を揺らすならば
かれの技術も反旋するだろう（それが
旋律の呼称の謂れだ）不思議なことに
悲しみが、ひとを恋へと導くのである――
そしてクピド、エロース、アフロディテ、
それらの類型は異性愛を限界まで俗化し、

グロテスクな市井の営みが芸術家をポリスより
追放し、ぼくと、盲目の琵琶法師と、
ヘリコンの山に登り泉から水を汲み、さあ
行こう、獣の皮を被って
夜通し駆けるのだ
一の女御が迫っている
きみの詩はまずい
あまりにも政治的だ
今はひとまず町の灯の反対側へ
夜通し駆けて逃げるのだ、さあ、さあ、
ぼくがついている、どうかぼくを信じて

思い出のなか、警報が鳴り響く
そっちに行くなそっちに行くなそっちに行くな

よくある話だ
そしてぼくには何もかもが虚構じみている
ぼくを信じて、ぼくは無謬だから

「……何千万の死霊がすがりつき、私に
言うのです、こっちへ来いそっちに行くな、
私の気持ちは弱いので、ただ泣きただおそれ、
ただあなたを待っておりました」帰りの
新幹線は二十時三十五分、こだま六十六号
品川行、ペテンのような、インチキのような
そうした夢ならばここで終わりなさい
ぼくは命ずる、そして足の埃を払い、去る
この偽りの盂蘭盆会を、ぼくらは永遠に辞す

Ⅳ.

ディス・イズ・ジャスト・ア
モダン・ロックソング――たぶん
そうだよな、トンネルの多さに
感謝しながら、くたびれきった妻の寝顔は
まだまだね、出会ったころのあの日のまま、
まだまだモダンね、モダン焼きのモダンね、
読経しながらぼくは生きているのだぜ
窓ガラスに亡霊の手が張り付いているぜ――
気をつけろ、いつまでもぼくのそばにいろよ
ぼくはいつまでも無謬で
いつまでもずっと、きみの味方だぜ

おれは上方人

おまえは下方人
おれがカレーを食しながら、
ルーなんぞ手紙と一緒に燃やしていると、
セックス茶坊主が、
セックスしながら、お茶を飲む。
茶室は三畳、裏庭の、
おれの敷地じゃなかったのかい？
だが、我々は、全く現代的な
カンブリア紀に侵入しているのだから
そういうものなのであるが、

ノーティラス的な手法によりカンブリア紀
から溢れちゃう、おれの、いや、おまえの
いやかの分有までお茶請けに添えるとは
少なくともどっちかにしておけ
ながらはやめとけ
セックス茶坊主が
振り返るな
呼びかけられて振り向くな
振り返る
全ての呼びかけは振り向く
ためにあるのでなく
顧みられぬ呼びかけもうたくさん貫いて
呼びかけられても振り返るなあ
振り返る振り向きの中には

雪が詰まっている
ホップなヒップが波打って
思い出されるための思い出すことが
振り返らされるなごとく
赤子の額をなでるように、細やかな
綿棒がその先を示す方角よ
振り向くなあよおまえ
最低、二方向はあるんだもん
ちゅうなあ、

「ねえ、あなた、適当に合わせるのよ。」

「ああ、今はアメ車も五万だからね。」

「そう、あなたのために言ってるのよ。」

「まあ、本当にそうだね。」

「うん、きっと明日もここでだね。」

「ええ、いつかはきっとだね。」

「……だもん。」

「だねえ……。」

「だよ。」

頑張ろう、キャデラック。
中古の異物が混入したカレーは、
なにものかの汗を熱く熱く流させて、
手紙の文言など、
振り返る
文法もなく、網膜にスクロールされ
そういうものなんだ
納得する

お手紙拝見いたしましたが、
あなたの普段の上方語が使われていない
ことにまず驚かされた次第です。ご指摘の
件ですが、我々は、言葉をいつも逆手に
触ってきたからなのです。国語、制度、教
育、などの隠語などはなから、

国語するな、
制度するな、教育するな、
なあの問題外、なするな、もっといえば、
見返り美人は諦める、というのも、
死期を悟ったばあさんのボールペン先、
赤いタオルはお風呂に、
白いタオルは洗面用に、
使ってください。くれぐれも

お体に気をつけて、いつまでも
お元気で
振り返るな。
叩き潰された西瓜はやはらかいから、
茶室で思ふに、
おれはもてなしの心を学ぶのだと思う。

吉野山見聞録（2011.8.12 ～ 9.12）

タバコ欲しそうに見遣る王子。
居酒屋もらいタバコの達人なので視線見逃さない。
大義厳禁。小屋の外は敗残の予感。先にドアに立ち塞がる。
偽史的ルアーさえない待ち伏せ。南朝吉野山の深南。
王子はすでに放火婆さんに王子と命名され。
ほうらかかった。王子、おれは世ノ佐南吉。

いったん沢に降りて革命を洗うと線香。
再び火を点け渓流の流れを火口でなぞる。
僕は王子なわけがない。誰ぞ崖から落ちて亡くなったんやな。

王子も凝視すると、蔓の花輪に黄色いパーカーの墓。
世ノさん、手も洗おう。インスタントな親密。
盂蘭盆攀じ登り。夏やないか。急ごか。

修験道はいつのまにかレールのように整備されて。
線香の煙をいつのまにか花火の光が代行し、
蝋燭用の花火はタバコの火種とは断念。
白昼を登ると、放火婆さんの犬ころが清水に遊び、
世ノさん、頂に家あるの?王子よ。
谷の宿横のコーヒースナック。冬しかいられん。夏季限定の。

頂には空白な草原。煙も控えめなとこ。
ねえ、あそこに飛行機が堕ちているよ。
ああ、プロペラ花火や。あれはよその敗北やさかい。

けれども王子は道を逸れ祈る。
王子の周りには蝉が、南吉の周りには鹿が集まる。
敏感さを競いあうようで鈍感さをぶつけあう。それで正しい日本の夏。

谷のスナックに還想。おまえら花火みよるんか。
屋根に立ち、来い。夏を正しく反動せよ。
ゆっくりじっくり上りゆく。紅い彼岸花は一月後だもの。
今は緑。世ノさん、頂ってどこ、子供いるの?
王子よ、まずはおまえから。おまえの「家々」は?
ぼくは「山々」。緑色ハテナの逆立。

上に下に転形期なく道は続くのに、
どうして道に迷うのだろう。で、どないして山に?
額の綺麗な白拍子、五日前、その道あんたの生きる道、と。

さよか。王子の母さんや。え。
そやかて五日前とはご老人。おれはまだ若うて二日前。
朝涼しく「じゅーしーかまぼこ」食べ満足の二人。

（北吉懇談指導。既に昼夜不明。1985年10月16日。
おまえは盗聴などでなく、鍋に睦み、女と愛し合い、
乳・父交換するために生まれた。
当朝、牛乳壜を取りに出ると、
松から親父がダラリ笑った。後は分かるな。北吉は南吉。
本朝、故あり中立州詩人ベリマンの顰み倣うよ。）

（親子茶屋にて休憩。
以後、世ノ佐南吉の愛に東吉のスタイルすらごく部分的に影響することにも諸兄
諸姉は汲み取る心構えを持たなければならないであろう。）

茶屋の裏に岩場。光が目に来る。
足下が見えないよ。手にしっかり集中せえ。離しなや。
指先に善意宿り帳簿係が働き出す。
世ノさん、お父さんどうして?僕の母さんのおっぱい味つき?
帳簿係は集中過労で昏睡し始め、昼夜逆転、
南吉自身の悪意は凡庸に発汗し、足下から魂が赤く。

キュートな帯に、誰かが挟んでくれた蝉殻、
強く落下し、足下見る力なく、悪意は上水場保管。
気付けば岩上から王子がザイル投じ。軽やかな首吊り形を揺れる。
親父とその親父の三宮参り見たのさ。
王子、登ったのは権力なんざじゃない。
オレの後に鱗葉が「山々」と見えるのか。

そいつはもう一度繰り返されるはずだし、
もう二度と起こりはしないだろう。
王子が岩から覗くと、葉が幾億と粒立ち、
同時性と個別性を伴い、奥行きない彼の裏庭をざわめいた。
空は青い。南吉むくれ顔。孤独なんて死語だよ。
わしもそない思うねん。ザイルは類なく引き上がる。

岩上で腰を抜かし、へたりこんだは王子の方。
南吉は頑健。コンロで湯沸し手際よくコーヒー。
アメリカ製コンロ？どこ製か知らん。
親父がデルタの百貨店で買うてきよった。
まだ松竹が吉本と覇権を争っていた頃。デルタは微塵も見えない。
もう少しすれば蝉の鳴かない上方へ。

（王子の腰痛により休憩。）

（王子まだ腰痛。食欲は無駄に旺盛。
「リッツ」バリバリ食べる。チーズは与えない。
詮なく南吉、読書。王子の三冊から一番軽い本を選ぶ。
「汚れたシャツは脱いじまいな」余白に太い書き込み。
ふふ。シャンゼリゼってわけかい。
テントの外、山肌に滲む水でタオル二枚洗う。）

（南吉、読書に溺れさらに休憩。王子は立ち上がった。
食糧ならたんまりある。木々の合間に放火婆さんが時折、訪ねてくる。
ゴッドファーザーんとこの釜炊きどないしてはんの。
こないだ死なはったわ。そうかあ、

ついさきは元気してはったのに。忙しこっちゃわ。
静謐である。)

(休息。)

(安息。墓堀り人夫が丸いお尻に泥かける。
ねえ、酒が盆に踊っているよ。どこや。
南吉は見えない眼下見る。夢も乾いてきた。
そいつは澄んだ柱だ。飲んだことあるんか。
二回くらい。裕福ってのはほんまえらいもんやな。
世ノさん、いつか相手してやってよ。併置。断じてない。)

(閉塞。)

目覚め光が燦々と。昼かと背さすると朝。
八月の光がまだ問責する。王子の歩みは謝罪。
何がそんなに悲しいんだい。え。いや、
次会う人に言うてみい。メキシカン挨拶ですわ、とな。
木々は潅木。従って森は浅い。上りすぎたら紅くならないのでは。
心配ない。上方の変哲ない山。

心なしか道も獣道のよう、けれど対照される脇道は草もまばら、
道行は輪郭すら失いつつある。要するに爽やかだ。
陽気な道中、南吉は饒舌。その要約。いつかあったような厳かな朝。
紳士淑女に「くん」付け静かに呼ばれたい。はい。
ハイヒールは山に響かず。
高尾山は別だけど。

午後の高地は気怠くて、無菌空洞を歩くに等しい。
南吉は王子の扇子を剥奪。暴力的に。華麗な腰紐から。
素早く逆さに広げると、勿体ぶって耳元へ。
これ何してるか判りまっか。無音。
高尾太夫の簪でんねん。簪軽くびらびらと。思うに、
賞状と総括、並び置かれぬ。南吉も祝福。

淮木の間隔も広がりゆくから、空がもっと見える。
意地悪されずね。だから緑がますます減ってきた。
「おまえにセンスはない。」「おまえは悪い人間だ。」
滝すら言わないさ。王子が踏み出すといつにもまして凡庸な響き。
尾根に出た。眼下が飛び込む。
よって、再び緑の充溢。

左右に緑を随えて、尾根道は豊かに。
王子は尋ねる。西？東？右左で言うてもらわな。
ひとまず前には進んでいるようだ。
背走的に「野面積み」石垣をくぐった気もするけど。
秋の虫は掃除の合図というわけだ。職場の掃除もさせたろ。
いいえ、石垣積まなければいけないわ。だよ。

気が、重い。夢の軽量化の工程は、はかばかしいのだけれども。
ゴッドファーザーの名前は明かされない。
理由はよくご存知のはず。
呼びながら謝ることと、静かに見つめしっかりすることも、
古来からなかなかに両立し難い高度に位置する。だろ。
お宮の一宮の白馬の糞も落ちる。

到着はいつも突然に。頂である。
ここよりも向こうのが高いよ。ここも一つの頂である。
隠し田があられもなくあるよ。隠されているから棚状なの、
と応えるには疲れ隠せず宿坊へ。前金制。
万札しかないんやけど。鶏歩む土間を渋面で仙人歩む。
賽銭箱の賽銭でお釣り。ありがたい。

感謝しなければならない。そう。
話を聴く前にすでに読経された告白者、南吉。
最後の風呂を沸かす前、もう擦り減らしたくないかい。
男にも最期は化粧。なあ南吉さんよ。
垂れはじめた稲穂は、さらに深緑、夏はまだ。「ボンカレー」奮発、
甘い。食後かえって軽快。感謝の墓標。

拝みかがんだ境から姿直し。
王子の甘顔、スウィートな理解を超えている。
ファーザーフッドはあまたあっても、ゴッドが付いたらただ一つ、
あの娘がおまえに跳んだとき。南吉よ、誇れ！
二十頃の悪意の歴史。神話性すら奪取された神代の紅。
そも、稲は彼岸花も朽ちてから刈る。

実際のところ、空白な地面に少しばかり生える草は、
維管束もからっぽで、虚ろな声を張り上げる仙人は、
確かに王子に猛特訓。
花を活けろ。弁当をにおわせるな。首筋を立てろ。
茶を濁らせるな。堂々とお出迎えしろ。車を横付けるな。
組織人たれ。鼓舞し、激励し、歩ましめよ。

ネクタイなきモーニングなど着るな。後ろ向きに、
刀のように黒く、己の首を締め上げよ。
ネクタイも刀も不法所持しない仙人。南吉が縁側に涼むと、
声のみとなり響く。煙も確かに見えず。紅さの予感が這う。
放火婆さんの犬ころも、全山覆うほどは多くない。
仙人が行場に誘う。

ゴム長靴で何やらクチャクチャ噛みながら仙人裏場へ。
再び岩場。精密な指示の下、引っ張りつかみ窪みを踏む。
「西の覗き」に。次はザイルじゃない。
太い荒縄で守るように王子を吊るす。半身を岩から突き出し合掌。
彼岸花の紅さが押し寄せるのをはっきり現認。
明確だから此岸。

王子の心静やかだ。
三百メートル下の崖下から虫のように緑から涌いた、
紅さ、発露し、次第に、上り、近づき、染め上げるから。
いつか来た道、二度と通れぬ。勇気なんて一片もない。
あったためしもない。無論、希望というべきだが。
仙人と南吉そっと微笑む。母への溶解、偽装かな。

仙人さらりと手を離し、南吉もつられするり。
王子は跳んだ。落下じゃない。否定し願望するまでもなく、
生き、戻る。それはもう登山ですらないんだ。
しがみつくなぞ、緑と紅。もう戻ったよ。
ワープである。裾はためかせ、歩め、共に続けろ。
今日も夕日が沈むんだ。西吉現れず。

観念のもみじ

ナイフとフォークが鋭角を
こちら向けに象って、ナイフが塊を滑らかに
切り分ける。それから、ナイフとフォークが
するっ、と翻ると、こぼさぬように、
慎ましやかに、運ばれてくる、私の皿に。
二番目に食べたいものを注文した選択は、
　正しかったのだろうか。夕焼けも焼ける。

君は墓堀人夫くらいが向いてるんじゃないの
そう声をかけられて、そう言われるだけ、

ありがたい、と本気で思うと、夏は山に眠り
入ってしまう。本気、とは不思議。書けば、
言えば、唱えれば、なぜか、あの彼方の金に
輝くマンションにアイロニー。
　だが、そんな時に、母はやってきて、

共に落ち葉を踏みしだくと、言葉が静かに
湧き、なあ、丸々太ったマルマルくん、
覚えてるか。なくなったんや。
そう、日本地図の琵琶湖にピン立てて、
百八十度回すと、日本、いうことを、
夏合宿で発表した。神がかった。
うん。自分で。友達が、お金払って、
そういうこと、あった、言うと、

お母さんまっすぐ揺らして泣きはって。
そうか、嬉しい、いや、嬉しい、か。
難しいなあ。誰も言わんかったら。
おれは。どこまで喉から出たろうか。
　それはいつまでも分からずとも、彼女は、
　確かに、きた。なぜならば、セカンド・

カミングをおれは待ち、逃すつもりなく、
腹はくくった。どこも平らなんだろう。
問われれば、ノン、と応え、そこやっぱり
従妹と結婚するの、ときたら、正確を期して
言うならワニとは結婚します。だって、

おれのおじさんはワニ、ワニのおばさんは、
　彼女。そりゃ結ばれなくても致仕方ない。

おれは、だから、谷間に立っている。
稜線を赤い汽笛が染めてゆく。間違いなく。
一人で。そういえば、
両親でやってきたこともある。風呂に入るか
と誘われ、公共の畳の真新しさに泣いた。
それから、部屋に帰り、風呂に入り、今日も
　同じく海向こうの丘に電話をかけよう。

ゲット・グローバル・アズ・ユー・ワー

アメリカの中西部の田舎の、ある程度インテリだが金儲けには馴染めなかった
白人青年の、一日中暇で言うべきこともない、というようなことを歌った
歌や、ひょっとすると愛が、というような思いを表現したアートワークに
いい値段がつく時代だから、我が国でもぼんやりしながら食っていける、などと
考えるのは大間違いだ——我が国は努力の国だから、歌やアートにも
勤労への意志が必要なのであり、消費者はまさしく消費する者としてあくまで
厳しく、非友好的で、そうして作者の投下労力が慎重に評価されたのち
低く低く見積もられた芸術作品はその大半が精巧なレプリカであるため
偶然に輸出されたそのいくつかはかえってアメリカの中西部の青年を驚かせる、
「これは僕の生活だ——違う、そんなはずはない、だがこれは僕の生活だ」

結果的にアメリカの青年は日本文化というものの独自性と裏腹の同時代性を発見し、金を貯め、リュックを背負って原宿にやって来て、そして素晴らしく繊細な日本の女の子に出会うのだ、竹細工のように華奢で美しくてポップな日本の女の子はしかし最初彼の金色の和毛に覆われた腕を拒絶する、「あたし彼氏いるし！」彼氏というのがどういうものかよく分からないアメリカの青年は、ボーイフレンドでもなくフィアンセでもない彼氏というものに紹介され、一緒にカラオケに行って聞いたこともないような変な声で聞いたこともないような変な歌を歌う彼氏に圧倒されつつも思う、「こいつは男じゃない——違う、そんなはずはない、だがこいつは男じゃない」続けざまにおかわりしたアサヒスーパードライが勇気を与えてくれるからアメリカの青年は机の下でこっそりと日本の女の子の手を握るが、今晩は彼女も拒絶しないのはなぜかというと、感化されやすいのが日本の女の子だから彼氏が裏声でコブクロを歌うのを聞いて、またそれを聞いてアメリカの青年が「ディスガスティング」とか「イッツ・ナスティ」などと呟いているのを聞いて瞬時に全てを悟ったのだ——小難しく言えば彼女は歴史に直面し真摯に反応しそれを尻軽などと呼ぶのはあまりにも建設的でないから、彼氏も気付かぬふりで最後までコブクロを歌いあげ、次にアメリカの青年がマルーンファイブを歌い、日本の女の子もａｉｋｏを二、三曲歌って、最後にみんなでピザを食べそれから三人は店を出て日本の女の子とその彼氏は新大塚の彼氏のマンションへ帰り、アメリカの青年は、女が欲しいと死ぬほど思い、吸い寄せられるように黄色と桃色の看板のほうへよろめいて、蝶ネクタイを付けた背の低い男に「はいアニメガール、ユー・ワナ・ヘンタイファック？」と呼びとめられたからそうだ、と思う——この状況はエイジアンでゲイすれすれだ、しかしそれでもいいじゃないか、スポーツの出来ないルーザーでいいじゃないか中西部の冴えないインテリ崩れの、汗くさいＴシャツを着た髪の薄い僕だけどあの日本の女の子の彼氏みたいに奇妙な髪形をして、まるでゲイみたくぴっちりしたガーゼ生地の服を好んだり、不自然に痩せていたりはしないから、少なくとも——僕は男だ、十代の頃ホッケーのクラブのコーチに

ロッカールームへ連れ込まれ、小突きまわされ、頬を張られ、そいつの
汚いアレをしゃぶれ、と命令されたことがある——僕は男だ、僕は男だ
僕は逃げた、捕まって殺されてもいい、僕はゲイみたく男のアレをしゃぶったり
ガーゼ生地の服を着てバカ騒ぎをしたりするのはごめんだと思った
だからこそこうして僕は日本のヘンタイの看板の前で男らしく金を握り締め
アニメガールの肉体を買うのだ、それは豊満ではないかもしれない、
チャイルドポルノすれすれかもしれない、それでもいいじゃないか、彼は思い
蝶ネクタイを付けた背の低い男の導くまま奥へ、奥へ歩みを進め
緑色の髪のアニメガールの薄汚れたポスターが貼られた薄汚れた個室に通され
「ミスター・プリーズ・ウェイト」と言われたので、膝をこすり合わせながら
彼はやけに寒い部屋で十五分近く待たされ、次にやって来た同じく蝶ネクタイの
もう少し背の高い男に「御指名は？」と聞かれ、何のことか分からず、
黙っていると、蝶ネクタイの男は漠然とした笑みを浮かべ再び店の奥へ去り、
それからまた十分ほど経ってから黄色いかつらを被った顔色の悪い女の子が

やって来て「ハイハウアユドゥーイン」と驚くほど上手な英語で挨拶したので彼は確信した、「違う、絶対に間違いない、こいつは絶対に日本人じゃない」烏龍茶を飲みながら二人は話す、どこから来たの?あたしは湯布院温泉湯布院温泉ってどこだい?えーと確か九州のほうよ、彼はよく分からなくなりねえ、どうしてそんなに英語がうまいの?学校で習ったからよ、それはそうか彼は思い、汗くさいTシャツを脱ぎ、ズボンを脱ぎ、パンツを下ろすと固く反り返ったアレを黄色いかつらの女の子がおしぼりで拭いてくれた、彼女が日本人かどうかなんてこの際どうでも良かったから、彼は丈の短いセーラー服の下から手を差し入れ女の子の胸を揉み、太ももを触り、たまらなくなってのしかかりゴムを付けたアレをアソコに挿入しすぐに射精してしまった、そしてものすごく恥ずかしくなったアメリカ中西部の青年は金を払うと逃げるように店を飛び出し、今日はユースホステルに泊まるわけにはいかない、宿泊代をヘンタイファックに使ってしまったから、そう考えて、インターネットカフェで薄いコーヒーを何杯も飲みながら朝を迎えたのだった――そして翌日中西部の青年はずっと前からやりたかったパチンコをやるためパチンコ屋を探し、すぐに見つけ、店の中に入ると地獄そのもののような轟音に圧倒されすぐに店を飛び出して逃げるように日暮里の駅へ走った、駄目だ、あんなことは全然常識的じゃない、だってカジノにあんなとんでもない轟音は必要ないし、第一もともと僕は耳が弱いんだ、ストレス性の突発難聴というやつなんだ、日本人はどうして色々な喧しい音を好むのだろう、ほら、電子合成の女の声がさっきから改札口で何かを告げている、あれは何を告げているのだろうか、ここは駅だ、ここは改札だ、階段はここでトイレはここだ、色々な声が行く先々で何かを告げる、日本語で告げ、時には英語や中国語で告げるのだ、そしてブザーの音が鳴り響きちょっとした変化が訪れるとその変化に向かって人々は殺到するように適応し、取り残された僕のような汗くさいTシャツを着たガイジンは背中を押されて慌てふためき転びそうになりながら人垣の向こう側に目を凝らすのだ、黄色いかつらの女の子に瓜二つなアジア人の顔たちが窓ガラスの全体にびっしりと配置されていて、それらは一様に男は男でなく、今にもカラオケで変に鼻にかかった変に甘ったるいあの独特の声で僕めがけて呪いのセイレーンの呪文を投げかけそうな、いや違う、何故なら僕はもともと耳が弱いんだ、僕には聞こえていないはず、ユニゾンとなって被さり轟音になって東京の町を揺らすゲイたちの悲鳴が僕には聞こえていないはず、アメリカ中西部の青年は頂きが薄くなった金髪の頭を抱えふっと訪れたパラノイア的瞬間を文章なり音楽に起こせばそれはかなりの高確率高頻度で商品価値を持ち、グローバルな現在に生命を振動させる同時代の表現者として彼は一定の評価を獲得するだろう、中西部の青年は抜け目なくそのようなことを考えながら薄気味悪い一人笑いを浮かべて山手線内回りの電車に乗る、様々な音が彼の繊細な耳を呪いながら彼のノーブルな将来を約束し、日本で見知ったこと、感じ考えたこと、そんなことは本当はたいした問題ではなく、彼が何かを見知ったと、また何かを感じ考えたと、彼自身に説得するような熱意で世界に対して訴えかけ続けることが彼の日本にやって来た意味であり意義なのだと、それ自体遡及的な事実である彼のノーブルネスは内的な轟音となって、また隅っこの席に腰掛け凄まじい悪臭を放つホームレスの男のその悪臭と対位法的に適切な距離を保ちながら指摘する、つかず離れず、誰もが悪臭を欲しながら嫌悪するのだ、僕はガイジン、僕は男、アメリカに帰れば金儲けに乗り損ねたくたびれたTシャツ姿の中産階級の白人で、だから僕は距離の問題に敏感になってしまうのだろうか、それは一見不幸なことのように思われるが、しかし本当にそうか、本当に僕は不幸な行くあてないガイジンか、「僕は不能じゃない――そうだ、そんなわけがない、だって僕は不能ではない」何故なら僕は日本というこの国にあってどうやら畏怖されながら崇拝されるトップアイドル・アイコンだから、これは誇張でも何でもない、僕はアイドル、僕らはアイドル、中吊り広告に大写しの、僕の伯父にそっくりな男の写真がストライプの細身のスーツにボウタイを緩めて結わえたキザなポーズで大きく、そしてその下に「トレンド・ディス・イヤー・オータム！」と大きく、さらに細かい文字でごちゃごちゃと漢字やらアルファベットが並び、そうだ、僕にだってチャンスはある、いや、遡及的にこのくたびれた汗くさいTシャツが

中西部の故郷の報われなかった無数の人生へ転送され僕はモデルアップされ、
すでに僕はアメリカン・トップアイドル・アイコンとして颯爽とした足取りで
開いたドアから微風を受け、新宿駅に降り立つ、聞こえない耳に殺到するのは
黄色い声の喝采、黄色いかつらの女の子たちの、黄色い顔の下の、黄色い喉から
せり上がり暴発した鬨の声――僕は、僕はアメリカの男だぞ、メジャー・モデル
チェンジだぞ、汗くさい髪の薄い青年はぐっと鳩胸を突き出し、香水の残り香を
覆い消す腋臭の臭いを振りまきながら新宿駅の階段を軽快な足取りで下り、
黄色い鬨の声が告げる戦闘開始へ果敢に挑みかかる、無数の女無数のガイジン
ここは戦場だここにはルールがないここはベトナムだここはサイゴンの沼地で
ここは朝鮮半島のコウリャン畑だ、誰もが誰もに対しもみくちゃになりつつも
ひとつの様式、ひとつのヘンタイファックを維持する、それが東洋だ、竹やぶの
奥から目が光る、僕の腋臭に欲情したのか、何故なら僕こそがトレンド・
ディス・イヤー、誰かが僕を手招きし、僕を個室トイレにひきずり込んで、
僕の顔かたちを刻印した僕のレプリカがやがて飛び出し改札口を通過するはずだ

「彼らは僕じゃない——違う、そんなはずはない、彼らは僕ではありえないのに」

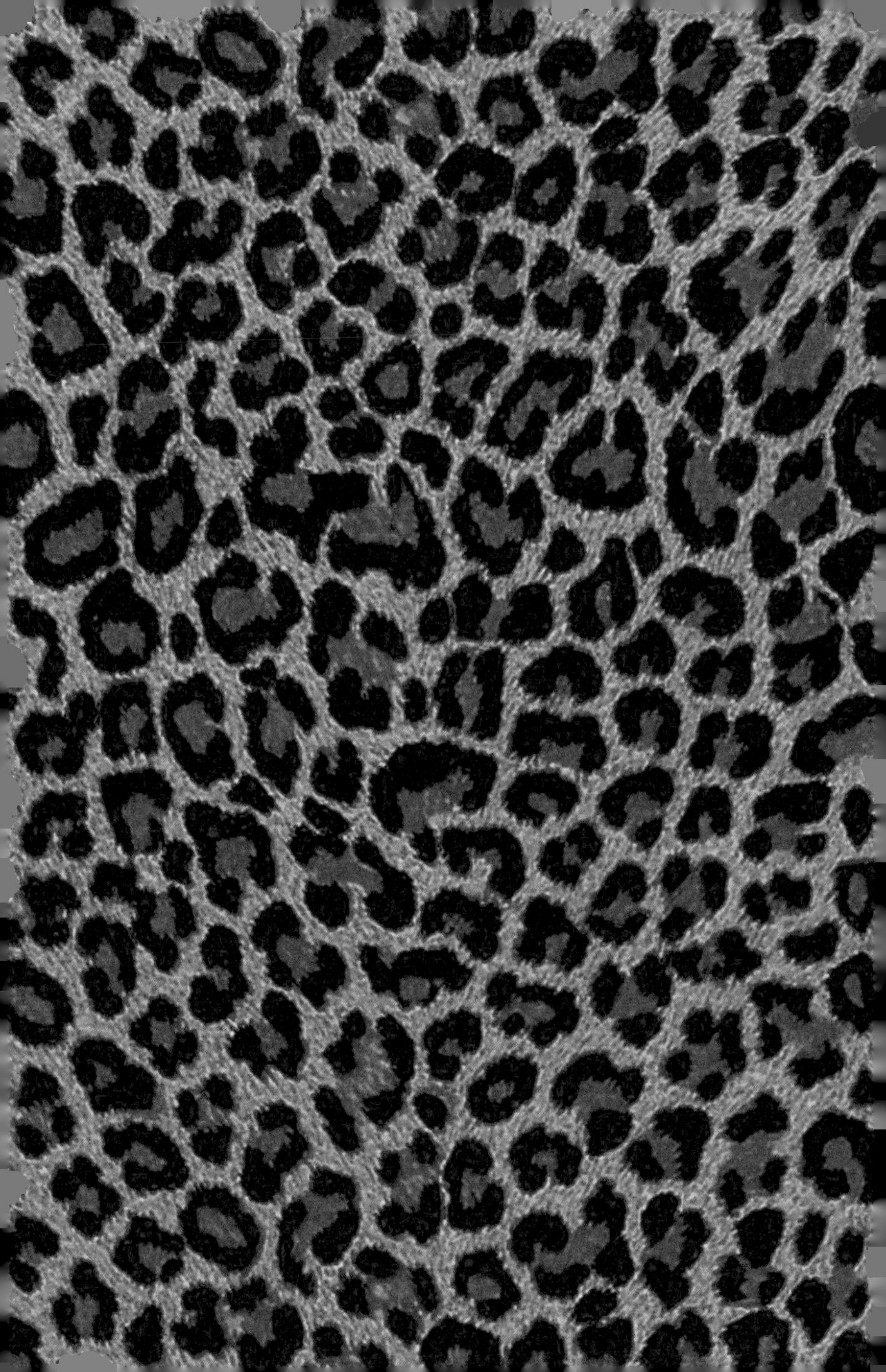

難渋詩篇

I.

わけもなく
愉快げにふるまう芸術家が
おれはきらいだ

わけならある、
と、
ひとは言う、手前が知らん
だけである、と

おれは
賑やかにやりたいのならば
ひとりぼっちで愉快にやれ
ただ、そう言いたいだけだ

おれは思う、
きさくな人間には
たくらみが多い

われこそはさにあらず
そう思う者は
おれに書簡詩を送ればいい

Ⅱ.

おれの書く詩の深みが
おまえたちには、けっして
わかるまい

おまえたちは
朗読会でもするがいいのだ

Ⅲ.

おれはモチーフを削除する

なぜか
没後
あれこれ
言われたくないからである

おれは、野心をかくさない
おれは、襲われるとき
ひいひい泣き叫び
命乞いをするにちがいない

わかるか
おれの手の内が、読めるか

IV.

（最近の、詩人を自任する者たちは
心痛の吐露であったり、あるいは
大それた汎人類的誇大妄想の夢に
一辺倒であり、おもしろくない。
翻って氏の作品の素晴らしい点は
名声に対してがむしゃらである、
また、そのがむしゃらさを主題に
据えてはばからぬ性質にあろう）

その通りである
ダンも、ドライデンも

一族郎党の名誉のために
詩を書いていた
ポープは、詩で金を得て
豪邸を買った、という

よくもしゃあしゃあと
抜かせたものだ、
「新しい表現」だ、などと
よくもしゃあしゃあと
抜かせたものだ、
「わかってもらえなくても
仕方がない」だ、などと

Ⅴ.

詩は民芸品ではない
詩は修辞学である
だから
気やすく手垢をつけるな

Ⅵ.

だれであれ
おれの詩にふれる者は
苦笑いを浮かべるはずだ
そして、言うのだ、そうか

こういう文章も
詩なのだな、などと

だれであれ
おれはおまえを許さない、
もしも詩が、おまえを
許すな、と命ずるのならば

Ⅶ.

ついに、おれは詩学を得た
世の寝静まる夜ごと
おれはプリンストン大学の

詩学大全に読みふけり
オックスフォード大学の
さまざまなアンソロジーを
読破した
それがことの次第である

聖誕祭

そんなにも微温いのか
スリッパを履いたまま
玄関を飛び出してゆく
その矜持だけは母から受け継ぎ
ヘッドライトの重なり
が駅前派出所を照らしだす
めっきり冷え込んでいるせいか
万引き犯が止まない

クリスマス・ミサ

には当然、参加する予定だが
アルバイト
とのダブル・ブッキング
で泣き出したい
カップのはんぶんいじょう
粉であるから、この
インスタント・コーヒーは俺のものだ

構わず湯を注ぐと台所の
電灯が死んでいて挙句
もう、何年も慟哭していない
などと告白される　条件反射で
頭を下げるしかなかったが
この過失には年末年始特大号

で絶対に応答するつもりだ
パンは肉の象徴でなく煎餅もまた
見立てではない

そう告げると積年ぶん
幻滅されたがいまは
冬を越すのが愉しくって代わりに
風邪を引いてやることもできる
越冬闘争で書初めに
「春のソナタ」と書いておいたので
チェックしてくれ

駅前派出所の見知らぬ餓鬼
は警官に小突かれ大声を出し始める

ドンピシャのタイミングだった
母親が横付けするのは

その運転技術に率直に感動し
減税エコ・カー焼き討ちは胸に
秘めたままにしている

ロング・サマー

熱さのためか昼間から
ベンチで寝入る
見た夢のかすかな残滓
にからだを縛られ
外はまだ熱いので
夕暮れ
煙草に火を点し
忘れないうちに
夢を改竄し
まるで忙しい

海辺に住んでいるからといって
優雅さとは程遠い
表へ出れば
燃え尽きた
フナムシの白い
亡骸が眩しいだけだ
あの、テトラポッドを渡って
海に倒れ込んだ会社員の
背丈だけが優雅で
ドッペルゲンガー、ドッペルゲンガー
おれはただことばを
発することに嫌気がさして
昨年の夏は恋人と

しりとりしかしなかった
どんなに熱くても
しりとりは持続可能で
あまりに終結しないので
交番に駆け込み
水没した
社用携帯の紛失届をだす
恋人は交番前に座って
絵を描いており
熱くはないのか

慌てて、記述の
列車に飛び乗り
思ったよりずっと

長距離で隣席の
男と話が尽きない
幸福な長距離移動も
急遽、嫌気に襲われ
車掌に頼んで途中下車
リュック、忘れてるから！
走り去る列車の窓から
男の投げ捨てた鞄を
上手に捕れて良かった

あの夜だけが

―昨日、
ヨシモトリュウメイ
が亡くなりました
いま、文庫の棚
をみてきたのですが
『共同幻想論』
在庫ありません

―人文の棚
にハードカヴァー

幾つかあります
お問い合わせ
あればご案内ください

その日わたしは、
務める書店で
一度も
ヨシモトタカアキ
の問い合わせ
を受けなかった

＊

わたしには将来、

いっしょに
こども
を育ててみようか
と約束している
友人がいる
その約束
をするずっと以前
友人の両親
と話す機会
があった
ほら、このひと
ヨシモトリュウメイ
とか　読む人やで
と紹介され

ずっと煙草を
吹かして
黙っていた
友人の父親
がその、瞬間
だけ微笑した
ことを
覚えている

*

まだ、東京
で　わたし
が学生だった頃

M先生
の授業に
潜っていた
《ぼくが真実を口にするとほとんど全世界を凍らせるだろうという確信によって　ぼくは廃人であるそうだ》
と、パッセージ
の一語
を読み違えて
先生は
朗読された
その後
わたしは

アパート
の浴槽
に湯を出したまま
寝入ってしまい
管理人
に起こされ
廊下
に積んであった
『初期ノート』
を水浸し
にした
乾かしてみたが
カビが生え
東京

を出るさい
捨てて
しまった

*

先に書いた
友人
の父親は
昨年
他界し
なんで
ヨシモトリュウメイ
よりさきに

うちの
父親が
死なな
あかんねん
と、怒った

いまは
ベナン共和国
に居る
その、
友人に
吉本隆明
が亡くなった
らしい

と告げると
昨年と
おんなじ
ことを云う

*

《もしも　おれが呼んだら花輪をもって遺言をきいてくれ》

この、
「花輪」
ということばを　わたしは、
ずっと

「かりん」
と読んでいて
その、響き
はたいそう
美しい
と、ずっと思って
いる

四足歩行とピクトグラフ製作者

まるで弁慶さんみたいな話をする
時計を一分早めたことで幾多の難聴区間を
潜ってきた男が、プッ、プッー。
こちらLSC、こちらLSC、開局します。
どうぞ。壁のない壁。
そして、応答するのは
箒を抱えた
磨崖仏を彫り込むことを
名和長年から直々に命ぜられた
山をほっつく、半端人足。

放棄ではない。蜂起などとも
いささか異なる、伯耆の守である。
金がないから、ほっつき歩く。
鑿が買えずに何年かかる。コツン、コツン。
ところで、この男、みほとけをいまだ見ず。
まさか。だが、約束は約束だ。
半端といえど、どうぞ！
長い年月への約束だ。つまりは、
壁という壁のない壁。
壁の向こうの壁。
パチンコ屋の暗がりで
初めてキスをした。向こうも日曜日の
両親に連れてこられていて。美少女で。
ワープじみて。例外を認める寛大な態度で、崩れた隙間から、抜けてくることも。
霜降りジーンズで、憔悴した横顔から
壁の向こうから白い壁。
金髪をしながら、バナナなんぞ食っている。
珍しいから、塩までかけて塩バナナ。
甘すぎやしないか。
東洋の坊ちゃんにも見られてる。嬢ちゃんも
微笑み、でも、ほんの束の間だ。かまうな。
喜べ、
サッカーにだって
全力で。コツン、コツンと
近づく影たちが潜んでいるのだから
壁のなさが壁であるとは呟いてならない壁。
ねーねー、ゲシュタポが気づいちゃうよ、

そんなにトイレ行くと、うちのパパの前で
わざとらしくなっちゃうもん。
ぷーん、じゃお店で新しいゲシュタポに
かえてもらおうよ。だいじょぶじょぶ。
だってクリスたちキツネだもん。
いつも腹ばい。
うん。だね。すぐねれるから
楽チンだね。ばれないよ。てくてく
てくてっく歩こうよ。ね。そして
うたう。「はしれはしれみんないきいーき
きままなぼーくら」。どこまでも
跡。手もつかって走れるんだもんね。
壁にぶつかると誰か一人みんなで探す壁。
忘れていた

註を付すならば、
わらべの名はアウグスコ、
元気なおみなごはクリスティーゾウ、
迷って惑ったジェンダーたちが仮の世を
叛乱などでなく、
攪乱など論外の、素直な、
壁という壁に素直にこちらを思う壁。
約束は残る。
聞こえますかどうぞ。
コツン、コツンと討ち続ける。
四足歩行の物怪たちは速い。追いつかない。
耳を当てると確かに、
ここをお選びになったお上のお心の
穏やかならざる寝巻きのひだが偲ばれて

尊王自閉である。
粟めしを握り、
ふんばる。おいそこのユー
チューバを小器用に奏でる
マッピング選手権暫定一位の猿楽師、
どけ。おれはやる。光から始めようぞ。
気合があれば木でも成る。夕べになる前に、
作戦変更の功も奏し、
眠たげに眠たげに片目を少し開かれた。
壁なきふりへたな者が壁作りと指される壁。
後ろに。コン、コン、コン、コン、コン、
キツネだね。すぐじゃれあえるから、
勇気百倍で、楽チンなんだよ。
おん。どうして泥んこついてるの。

危ないよ、外は。だってきのうコウノトリの
巣を作ったんだ。戻ってこれるように。
そっか。それでおそかったの。
ううん。ママにもらった時計が針ばっかで
わかんなかったから、まじょっこが
はじまってて、泣いちった。
かわいそー。
ね、アウグス、いまから巣に
これ埋めにいこうよ。
えー。いまから。クリスとちがって足
痛いよ。すぐねれるからだいじょうぶ。
本当にそうだ。
一見、反抗が忠誠に実は新しい時代の
壁の前で帽子を掲げ祈れば高く高く壁。

競り上がり、迫り上がる。
実際、半端は筵にずっと寝込んでる。
地面と反してじゃれあい抱き合い、
まだ彫り上げてもいないのに。
怠惰はひとまず差し置いて、
見よ！
二階の窓から
彼方に聳える不穏山が夕日に
朝から降り続いた雪によって
こちらから滑らかに連なり続いている。
壁は壁。
壁に抗う壁。
壁とは裏切る壁。
その細い上部たちが重なり面となり、

問題ない。一欠けらもない。
走れ。踊れ。笑い転げろ。
四つならば可能なんだ。
人足も反省している。
優しくなければ
行け。
心配ない。
コン、コン、コン。
迫り上がる面も今だけだ。
やがて山は燃え雪を溶かしギザギザと戻る。
演歌ではない。宿命でもない。
甘いような温いような
気怠いような
かといって、ねー、気持ちいいよ。

真夏の夕暮れ時の静やかさで。

大江健三郎氏のために

「性交をテーマに小説を書いて
売れると思うのは間違っている
結婚式の日
髪がアップになった元同級生と
ビュッフェで、どうこう
それは、抽象的ではない
つまり、投稿者諸君よ
小説は、常に抽象的でなければ
ならない――あなたがた
フランス人の絵のように

漠然としていなければならない

わたくし自身、不鮮明に
書くことが課題なのであるが」
講堂全体に、ドッと笑いが
起こった
ぼくは、文芸の時代が終わった
と知った
ぼくは、弁護士になろうと
思い、翌日から少しずつ
ポケット判例を読み始めた
ああ、ぼくは最初から法学部に
行くべきだった
そして、ああ、ぼくは

『クレーヴの奥方』など
読むべきではなかった
ぼくは
留学なんか、したくはなかった

分かっていない

夕方からそわそわするから
朝に戻ろうとする気の中でカウンターに
　向かい、唐の女と、明の女、
どちらの胸が大きいか、

同じように考えながら
　破滅のからあげも頼む。
志の短さに顔の小さな美しさは難しく
ペン先の奥のグラス。けれども、

そのからくり、今さら
糸の繰り出し方の分からない
　凧はいまだ潅木しか走らずに、
それからあの海の向こうに

池。ポテトを食う、
細長い、
　池。車が通る、
教会が鳴る。

くたった制服で
ようやく帰り道を急ぐヤンキーどもよ！
　家にも帰れ　家にも
非情な五カ年計画な母の

さびしんだね　犬ころ。
　山を降りてきて。ようおかえり
などと語り切れぬのだから、
背中の後ろから切れぬ

強い強いまなざし。優しく置換。
けれども奇妙なことに、
目が合う感覚が這い上がってきて
　すると彼は彼でなくなっていて、

一緒に歩いている連れが
誰かに気づかず視られることもあって、
　その疼痛を激しく横切ると、

今度は二人とももはや温度の観念すら
　はぐれ、捨てられる。
天気予報が言うだろう。どうもなぜか
明日の天気は世界です、などと
分かりきったことをしたり顔で。別れた

割り箸の片割れは、ホール・イン・ワン
　とてつもなく冷えたポスト・
モダン焼きの卵を遺品にまぶされ、
突然のあっけなさの停止の中、

必死で温める真空ジェネアロジーを、
　途絶える母方の墓所に植える。

そこは音が目立たないところがよい。
次に字体が力強く撥ねるところがよい。

コート。いつまでも
　血草に。ポケット、
その中の袋。
垂れて、血草に

育つ独壇場の「ヤンキー・ゴー・ホーム」。
無論　どうしようもなく　焼かれ
愛し合うマウスピースと夏型が
　切り結ぶその崖の切り結びに

池。ポテトを食う、

細長い、
　池。車が通る、
教会が鳴る。

伝わる敬意などというものは
悪意にさえ　ないのだから
歴史の一角の一局の一駒の「歩」であり、
　交わした握手は画面の粒子くさく

「ぼく、堀村さんとこう話したんだよねー」
やたらとこちらにしゃべりやがるから
　とても乳首なやつだ、な。
事故でないから、極大の肯定を肯定するのは

勝手だが、久しぶりに買うゴム袋に、
「スイメモ」をいつかカラオケでと
25年の女の子には、男の子なのだから。
それはいけない。認める草原よ

池。ポテトを食う、
細長い、
池。車が通る、
教会が鳴る。

そうだ。これもいけなかった。
おれのパパ・ママこんなんなんだ。
じゃあ義理のはどんなんなんだー?
交差しない薄い胸を互いにぱふぱふした

その手つきはおっしゃる通り、
　分かっていない。柔らかなパラノイア
「神戸薔薇尻」をかけながら、
30年ばかしの月日はかえって爽やかに

橋桁。等間隔に、
　垂直の
巨大な橋桁。
細かく震えてる。

からにはその勢いで敵味方の区別なく
　代弁して、させられて、告白する。
いやー、おれあの頃ばり童貞でしたわー

ついに60年代に使われていた

拳銃。拾われて、
　その穴を　耳かき
丁寧に、拳銃。
ぽりぽりっ、ほじられ

光沢が増したからには、
　やはり迎えられるべきだが、
さりとて迎え入れる人が本当に
そちらにおおきに

行け。ポテトを食う、
細長い、

全ての鐘がのたまう──

おれが黙るわけがない

北極のシロクマはどこで子供を作るのだろう
分厚い氷の上だろうか
限りなく近景と遠景が交じり合い平らで
天文学者的に
あっけなく凍り破れる
落ち落ちる　黙らないわけがない

悪だと代われて
ないじゃない
立ち会いが命の小結にすれば

回転ベッドを仏語で調べる板前ほどには
摩擦係数も器具に他ならないから
芸じゃない　直すじゃない
買うんじゃない
売ってあげる　じゃないじゃない
心配するな　愛してある
期待の外されいません　逐一言わせな
まだ、入ったこともない戸籍
ねえ、コンビニで「私を超える」おむすび
買ってきてよ　そんなに新しくないけれども
シーチキンおむすびくらいの伝統はあるよ
香り高く
その二、三十年の間に
やっぱり香り高くいっぱい死んで

たくさん生まれたんだ

結局のところ、満州。
夏の飼育係がわたしを勝手にと
諫言、讒言、換言、
完全解答をわざと隠したのは、
ぐにゃりとした遠慮。
クロクマじゃないとすまない格子の
銃後たちに
やっぱり気を遣ったから、
缶詰を一緒にぱっくり開けて食べるまでの
錯乱。それも気遣いの一種ならば、
やはりとことん乱れ黙るべきで、
白系アイスクリームにスプーンをカチン。

乾いた音が恋の合図。溶け
　返すような食感で。

ここにホースがある
悪い人間なのだろう
まだ見ぬ足下に　解凍過剰で、
廃墟は公園になってて、市民や、民衆や、
心配や、他者や、大衆や、対象や、群像が、
ベンチに腰かけ過ごしてる
水はすぐに乾いたんだな
でなければ、ズボンが濡れたはずで
それでもなければ、耐える傘
幾年の日光のそっけなく
ビニール袋をさげた女が歩いてる

日本パストラル・リキャピチュレーション

I.

俯瞰するものはファシズムだが
とはいえオタク的甘えもゆるしがたい
「父が」「妻が」幸福書きなぐる
友人どもを尻目、旅鴉は行く――
どこへ？――共同墓地へ――
そして
折詰の弁当を開き、言うのだ、
「そこのお人がた、こそこそ

隠れるのはおやめなせえ」
濃密で高尚な一瞬に、かれは
弁当を食い終わり、「そこのお人がた、
誰だか知らねえが、」と情け深く、
大層慎み深く、いつまでも矮小でいて
勇敢で――だから隠れていた
駆け落ちの二人も躊躇し、ああ、
そうして日射しもカッと凄まじく
またひとつ関わり合いが増えたのだ

Ⅱ.

聞けばあいびき御尤も

木枯らしの武蔵野に
死んでもらわにゃ気がすまねえ、と
紺屋のヒヒジジイ名指し
「おめえさんの気持ちは分からねえが
分からねえなりに染入るもんは
あるぜ」顔も見ずに、言う——
娘は黙ったまんま、可哀想、
旅鴉には納得がいかない
ウンと云わぬのが商売なのだから
それはもちろん仕方がない
要は結果で示すことだ、
走って斬って斬りまくり、宿に帰れば
飯を食う——仕方がない
「旦那、」娘、顔を上げ、

「あたし命なんて惜しかありません」
柄杓で水飲む旅鴉、
武甲の雪融け、枡酒のあおる具合に
飲んでから、誰がファシストで
パルチザンは誰だ、阿呆文盲なり
考えてみた——

Ⅲ.

翌日
もう日は高い
寝床もぬけのからで
女中の「マア、憎たらしい」とか何とか

大騒ぎもそこそこに
「てえへんだ！来てみろ」声が飛ぶ――
そうなのだ
情熱はそうして発散され、記録が
ない、欲しくもない、ゆえに
「父が」「妻が」匿名は積もるのだろう、
根雪のように――鴉も――積もる、
仕方がないことなのだ

セルティック・テルテイル・トラディション

I．不埒な王と殺し屋ギッグス

フランク・ギッグスはウェールズの片田舎に生まれ
十二歳で生まれた村を焼き
町に出て、酒を飲み
人を殺し女を犯し、たまにならば野良犬などに
情けをかけたものの、十九歳
フランクは警察に
捕まった
フランク

どうした
悔しくないのか
ゴシック・ロマンスの
変奏、フランク・ギッグスの伝説
知らない者はない——ウェールズの片田舎の村で

やがて重たい刀剣を担ぎ、やって来るのだ、王が！
王よ、王よ、どうした
まだかね、王よ
フランクは不当な扱いを受け、去年の冬肺炎に罹って
死んだぜ——王よ、お前が償え
遠いフランスで
演奏会
展覧会

ゴミ漁り
誰も気付いた者はいない、
ゴシック・ロマンスの鼻薬が
いったいどれほどの民を飢えさせたか
王よ、お前の不在を責める臣も、去年の冬皆死んだ

II．そして狩人

そして狩人が重たい腰を上げる
彼の名はジム・ヘインズ
奥さんはローリー
ふたりはいつも
素っ裸

夏でも冬でも素っ裸
壊れたトラックにコンポを積んで
「星がきれいね、ジム」
だってさ――焼き殺してやる！
死人の魂が迷い出て
告げる――敵意を告げろ！
君たちも決起し敵意を告げろ！
有象無象に敵意を告げろ！
「違うよ、星ならば
我が家にきれいなやつが
二つある、
君と
小さなパット
僕たちのパトリック」

言い忘れたが
ふたりには
子供がいた
すっかり忘れていた
素っ裸でいるのだから
そりゃそうだ、
小さなパット
花束をくれ
小さな手で
花言葉は「敵意」、聞きなさい
ウェールズのひとびとよ
約束は必ず守られる
聞きなさい狩人、
そして矢をつがえ放ちなさい

扉

振り向くと
扉があいてあって
真昼の川が
逆さに
流れている

床には幾つかの
蝶番が
転がっており
今日だけは

チョウバンと呼んで
欲しい

テーブルクロスも
気に入らず
破り捨てたまま
バイトに直行
以来、音沙汰がない

明け方の
河口のぬくみが
普段以上に
煩わしく
窓を

開け放つと
外気が煙っている
焼畑など
流行らない
と思っていた

それとも
ドラム缶で
塵芥のたばを
燃やしているのか
ならば
存分に燃え盛ってくれ
灰と煙にまみれ

扉の奥では
いっさいの約束が
果たされない
緑がかった
壁に手を添える

その冷たさがいっそ恐ろしくって
さいしょから
ひと粒ずつ
文字を拾っていくことにした
おそらく、
扉は木製である

監禁 vol.2

未来の事故現場を徴す
石　軽蔑を
吸い込んで
青空
格子状に

石　埋められて
おまえを掘り返す
格子状の軽蔑
青空から

おまえに　雨

ウィステリアの茂み
繁って　おれ
内縁の窓辺
地中の石　光って
空の下　降りかかる

青空
格子
未来

窓辺の責任
地中の疚しさ

青い青い空

石　掘り返されて

おれ

おまえ

埋められてゆく

青い

青い

空の中

セイント・J

世界とはなにか——岩である
人間とはなにか——塩水である
その他一切は、幾何である
凍った土のした、白菜が育つ
ハードディスクは唸りを上げる
腐る、拗ねる、幾何である
社会のなかの自分よりも
社会そのものが、大切だから——

だから涙の乾いた跡に

子供の野心が育つわけ

*

カチャカチャと鳴る瀬戸物の
ホームスパンな雰囲気を、愛し
朝を愛し、別ればかりが
おそろしかったです
以後
愛はすっかり忘れ去ってしまった

下の階のインド料理屋からまた
ものすごい匂いが漂ってくる
ブルドーザーで人間ごと

家もなにも、ペシャンコにされて
そのうえにひたすら
他人の飲む茶を作らされ
それでも平気で笑ったり、
サッカー中継を観たりする、
そういう連中の、強い匂いである
いま、やるしかない
思い出が最後の友人なので
おれに奇蹟なんて起こせるわけ
ない——みんなほんとうは
そう思ってるんだろ?
無害な圧痛へしんみり、浸って
赤い夕陽を眺めてて——
おれに奇蹟だなんて

そんな、とんでもない——おれに
奇蹟だなんて
ずっとそう信じて生きてきたけど
なあ、インドの兄弟
おれはずっとずっと悔しかった
おれとおまえのため、ずっと
袖濡らさねばならぬ母親のために

ハイヒールの音は、地階に響く

走れ走れ走れ
ユニークであることは平凡だ
ぼくが思いつくのは目を閉じれば
なんとかって歌うひとたちとか、

なんか髪の毛やたら硬そうな感じ
で色黒でチョビひげで香水きつく
て、あとはわけわからん洋楽とか
中身ない感じの恋愛系ばっか聞い
てる感じです、黒いｂＢのエンジ
ン改造してダッシュボードにフワ
フワしたやつ敷いて音ズンズンさ
せながら猛スピードで走って赤信
号にひっかかるとき
猛獣のような寂しさの奥から
寝息が聞こえて、それなのに
美しい思いつきで飛び出せ嵐
気づけよ夕方の嵐、笑える嵐

アメリカの薫り

中腹にしゃがむと
路傍には藪蘭ひやり

ゆっくり膝を伸ばしきる前に
リフトで一緒の年配の人

足並みそろえやっぱり一人で
登るの好きですかと笑顔と答えを

知って聞くのだから即席の業

頂いた熱いコーヒーともども申し訳なく
かたじけなく裾にこぼしたコーヒーすぐ乾く
下山は別ルートかな

道後温泉にて

若いひとびとは自由のために
まず作法を学ばなければならない
作法とは、文法である以上
人生は文章である
自由な人生、すなわち自由な文章の
背後にある経済的十分を
若いひとびとは第一に
企まなければならない
豊かになって
旅館の部屋でもとって

若いひとびとよ、自由に書くがいい
合わせた浴衣を着崩すにも
相応の気品が必要だ
茶菓子の屑の払い方、寝転がる姿勢
まず屑を落とさぬこと
まず背筋を伸ばすことに飽き
それからじっくり研究したところで
遅くはないのである
若いひとびとよ、
急ぐな
老人はいずれ自滅する
かれらさえ、むやみと若ぶるからだ

この窓から横丁を見下し

貧乏人を見下し
傲然と、おれは放屁する
それから、今秋離婚した親友を想う

日曜の朝

肩をいからせ
骨を縮め
日曜の朝を迎える
ヘッドフォンは壊れて
右側しか通じない
誰もが去ったあとの
独りの部屋で
弾けないギター
の手入れをする
変な薬を飲み続け

左手が不自由になった
誰のせいでもないが
たぶん、わたしの
せいでもない
外では、海鳥の声がする
あなたは目を閉じて
甘い街の香り
を精一杯、想像する
手と手を取って
逃げ出す算段か
しかし、結局
何処にも出かけなかった
目の前の国道
を輸送されゆく

競走馬の群れ
をただ、ぼんやり
と見遣る
煙草に火を近づけるも
先端だけがしばし燃え
煙すら出ない
紫煙というのが
ほんとうに、ムラサキがかって
いたのかすら忘れてしまった
かつて、
「きみの不具を愛する」
と手紙に書いて寄越した知人は
元気だろうか。彼は
わたしの左手、

のことを
云っているのではなかった
今朝、
そのことを突如
想い出し
どうしようも
なくなって、泣いた

真昼

真昼である
が、アルミの
サッシが陽を
拒むのか、それとも
たんに外が暗いのか
浴槽で寝入って
なんども湯を
口に含む

起きだして

台所を這い
なにも
身につけず
煙草を吸う
ことすら
思いつかず
椅子に横たわって
そのまま
また、寝入って

ほんとうに
目が
覚めた時分
むしろ、

何もしないほうがいい
とはとても
云えず
薬缶に
火をかけ

隣で煙草に
火をつけると
あの、重い
眠りが
何であったか
わたし、を引き
剥がしてでも
訊いておきたくって

夜になる前に
ペンを
三本買い込み
薄いコーヒー
を啜って
いる、それを
絶望と呼べば
あなた、は
笑うか

八月のことなど

どう足掻いたって
きょうがあすならば
あすがきょうであっても
咎はないだろう、平成二十四
八月が終る

煙草を巻くようになって
半月経ち、二袋目の煙草の
葉がたったいま、切れた

煙草の葉
を買うためだけに
電車など使って
三ノ宮まで出なければならない
と思うと
あすなど、
来ないほうが良いとさえ思える
つまりは、
わたしの憎しみ
など

バイト先と
アパートの往復ばかりで

ベランダに出て
最後の煙草に火を付けるも
やたら、周囲がくらく
手元の
火だけが頼りだった
明石大橋
のさきの
淡路島は
一向にみえず
ようやっと
霧が
出ていることに気づいた
昨年だったか

もう、会社員を辞めていて
同じように
霧が出ていた八月、
明石大橋より
少しばかし西の
沖のほうで
漁船が群れをなしていた

随分あとになって
漁船が一艘、
転覆していたことを
父から
聞いた

霧のせいか
室外機のせいか
ベランダが
やたら、蒸すので
もう、煙草など
止めてしまえ
と思ったが
あす
霧が晴れたら
出かけても良い
などと
思い

元町高架下

の路地をゆくと
昼間から
リョウヘイとタイチが
隙間の地べた
に座り込んで
一冊の、少年ジャンプ
を読んでいる
冨樫の新連載
が始まるとか
何とか
云ってるのが
聞こえ

おれはただ、

今日は土曜日で
学校は半どん
だったはず
と、思い出し
何故、週末に
ジャンプなんて
読んどん
と、二人に
尋ねたかっただけだ

南港、平成一一

平成一一、初冬
あなたが許すまいとした
ひとつ、の実景
その景をそのものとして
写しとってゆく営み
その途上で、あなたを不意に
見上げた　それは
すなわちあなたの、
心臓を掬ぐという行為に等しかった

南港のうみべり
あなたは海辺をうみべりと云う
そのような読みが
できるのかは知らない
だが、きょうは
あなたのならわしに従って
南港のうみべり
（海の縁、ということなのか）

南港の、うみべり
をみたか

あれを荒涼とよぶなら
荒涼、という語が

いかに人間の語であるかがわかる
（重油タンカー。湾岸をゆく高速道。セイタカアワダチソウ。一定の間で寄せる波。）

あれを殺伐とよぶなら
殺伐、という語が
いかに人間の語であるかがわかる

だから、
おれはこの景のなかで
この景を抱き、喰らって
おれを閉ざそうと思う

あなたが許すまいとした
ひとつの、実景
その景をまさしく、あなたが
抱き、喰らおうとした
という事実、それを
筆写しようとして、不意に
あなたを
見上げてしまった

見上げてしまったのだ

保険の効用、庭先で

ガラスを拭いていた。
ちょっとした記念に買ってくれた、
中国の果物のジャムを、
紅茶に落とすと、
ガラスはさらに冴え、透いてゆく。
空は青いよ。夏のよう。
ガラスの外側。早くも何かの粉がつくねえ。
そんなもんだよ。子供も落ちてくるぜ。
八階建てマンションから。
ふわふわと。

それから、カップとグラスとかを洗って、
しっかり拭かなければ、いけないから、
カップとグラスを二つずつ、流しに、
静かに置いた。目の高さにクリップが磁石でとまっていて、
ギリギリのところで正方形になれなかった、
長方形のメモ用紙が白く、
切り抜いてくれる。

ガラスを拭いてください。外側も丁寧に拭いてください。
それから、食器類を洗ってください。洗い終わったら、
引き出物のティファニーに、紅茶を入れてみてください。
こないだの誕生日の中国のジャムが、冷蔵庫の二段目の、
左側に入ってます。ちょっと他のビン類が邪魔だけど、

かぎわけてみて。紅茶を飲みながら、庭を見てね。あなたには、何か見つめるのはつらいかもしれないけど、だけど、やっぱり、必要なのよ。お月見が近いけど、昼の光は、全く、まだまだ、夏なんだから。まだまだ、続くんだよ。(きっと、わたしたちの、子供が、子供たちが、やってきて、藤と網戸の間からのぞいてるわ。)

みっしりとボールペンで文字が書かれていて、紅茶の味とジャムの香りがどちらがどちらなのか、分からなくなったけれども、なんとか、かんとか、与えられた任務をこなし、疲労しきった体には、紅茶とジャムがワンカップ大関のように、染みる、というわけだけれども、暮れかけた庭先には、藤が揺れる、ばかりで、疲れ眼に、物干し竿を売るトラック歌う。

この竿竹屋は、グラスホッパー感覚の、
ヒップホッパーで、
ホッピーなんて、東の飲料を飲むやつだけど、
たしか、「おーいぇーふぁっきゅーころすころす」という、
いかしたライムにリズムをつけたけやつでもあって、
最近は、竿竹トラックから、たまに、「日本版マチュピチュ、
安土のお城にシェイクスピアの亡霊、
たちを集めて上演ですぜ、人生非劇の、世界は舞台」なんて高揚を、
トラックの蹄に響かせるから、最近は、
亡霊を集めるには、みんな生き過ぎちまって、と思ってるんでしょうな。

まあ、亡霊を作るのも、骨折りさ、
ってわけで、すっかり暮れてきたから、
紅茶を飲み干したカップを洗おうとすると、

仕事がまた一つ、
増えていることに愕然としてしまって、
何もしないのが一番だと、急に、早く帰ってこないかと、胸が痛くなって、
もう一度、庭先を眺めると、風が吹いて、サンダルを愛している。

マチュピチュでは、今の子は父殺ししないよね、まあ、
父殺しなんて意味をなさないよね、今は、ねよねよ、とささやいて、近寄ってくる、
あいつら、やつら、をどうやって亡霊にするか、タバコを吸いながら、徹底討論、
されだしているが、二人のどちらのものでもない、サンダルを足裏に感じると、
自己都合は三ヶ月、ただし、給付制限、三ヶ月、
会社都合は六ヶ月、
です。と思い出した。風が強まり、何かの中にいなきゃいけない、と、
くらくら感じるのは、この風が西風で、西風が、東から西の風か、西から東の風かも、
知らないけれども、西に縁ある風のはずで、そうブルージーでもない煩悩を、

振り分けると、さらに凪がぐっと強まり、何かに支えてもらわなきゃならない。
きっと、今夜、あいつの帰りは遅いだろう。

父親のことなど

松の木がまっすぐ生えている
理由は分からない
松の木が生えているところの
積み重ねられた汚辱は
年輪などではない
まっすぐ堆積している松の木が
定規の匂い　まっすぐ生えている
病院の形をした
地層から松の木を
取り出す　松の木がまっすぐ

生えているのは　てっぺんから
地に埋まった根っこの先まで
根っこだから　だから

おれは垂直のコップに
紅茶を淹れる
捨てる
次にコーヒーを淹れる
コーヒーを飲んだら
今度は淹れるものがない
だから空のコップを逆さにして
汚辱を捨てる
捨てきれない汚辱は　松の木
シンクから溢れ返る　耳色に色づいて

松の木がまっすぐまっすぐ生えている
糸杉はどこに生えるのか
この世の松という松が
糸杉を囲繞する　大気のように
歪んで耳のように歪んで
ぐるぐる回りだすところ　回りだす
おれを　捨てきらない汚辱が
生まれたところ
松の木がまっすぐ生えている

鳩の翼

何の咎もなく失語症のように
生きる、そんな誘惑を埋め込まれて
一年半、この誘惑を思いとどまらせる
さらなる誘惑とは一体、何だというのだろう
あと十年の間、失語症のように
生きる、そんな倫理をちらつかされて
二年、台湾ビールが円卓に美しく光る夕べ、この倫理を
思いとどまらせる熱い倫理はどこに
向かうというのだろう、国籍離脱者たちが
美しく微笑む夕べ、失語症のように

強いられたカルテに全てを任せる、そんな悪意を
カウンターに置かれて、四十三年
この悪意を思いとどまらせる正しい悪意は
誰の皿に取り分けられるべきだろう、円卓が回ると風が黙って語りだし
何の咎もなく失語症のように
生きる、そんな期待を跳ねのけて、看護婦に微笑む愉快な夕べ
おれはおそらく死なないだろう、おそらく、おそらく
十年もの間、何の咎もなく失語症のように
生きる、この絶望を思いとどまらせる
十年前の二十三年
熱い熱い希望はどのスプーンを駆け巡った
視線はやはり視線のままで
葉はけれども葉のままで
大阪城はそれでも大阪城のままなのだろう、無数の旗がはためいて

何の咎もなく失語症のように生きる
この誘惑を思いとどまらせる
血のように熱い熱い熱い誘惑はどこへと飛んでいく

仁王集（巻ノ序）

淀門會したる席にて
ひとこへによみける

［本歌］

〇文藝の　ながれあまたに　あらめども
淀むかはこそ　まさらんべけれ

〇吾ぞかし　うたをつくりて　をさむるは
同道おほひに　の丶しり給へ

〇仁淀の　うたまゐらせばや　仁淀は
聲さくるまで　こたへ申さむ

〇南風よろし　あらしなほよし　かつら濱

松のかしらの うちをるゝがよし
○をとゝひの 昨日にや似たる かつら濱
けふはいづくぞ あよまむ吾は
○仁淀と 吾が朋輩は かつら濱
うたのよすがに 逢ひぬるなめり
○仁淀川 のびさせ給ひしてふ宮の
御歌の幸く ひゞきをりけり

［かへし歌］

○墓もりの 過ぎにし世ゝをしのぶれば
とぎなきよこそ すさまじけれや
○このうたを聞こえまほしくするうたの
つゞれ草紙の 文藝なるかは

○みやこなむ 雅うつるらし なかくに
むかし唐歌 いまの蟹文字
○あさましきどぶねずみかな汝れ
僻事に とり争ふは くまねずみかな

［拾遺］

○午砲鳴つて わたる廻廊七間に
よみさしうたのこゝろもあらたむ
○禮服を ぬぐもぬぐへぬ 非禮かも
宴さかりを わびくとゐて
○いとま乞ひ その手洗場や人ひとり
又ひとり來て あひ語らへり

たすけて

孤独を好むはずの**友人**が
ある日、衝撃的な**告白**をしてみせたのだ
耳鳴りの原因に
思い当たるフシがあり
付いてこい、
古の種族の知恵を見せてやろう、と
滴がポタポタ垂れ落ちる鍾乳洞みたいな
ところを、手まで引いてくれて
泣きそうで
おしっこ漏れそうで

嬉しかったから素直に嬉しいよと伝えた

じんわりと、不穏なハリケーンの
気配が迫る六月のフロリダ州
前髪を作って**パパ**に会いにいく
あたしは今から、**あいつ**に抱かれるのよ
パパ、悔しくないの?
そりゃあもちろん悔しいさ、でも――
でも?　きみが**年老いていくこと**が
パパにはもっとずっと悔しいなあ、うん
泣きそうで
おしっこ漏れそうで
嬉しかったから素直に嬉しいよと伝えた

われわれは本当は知っている、
憎しみがある種の**連帯**である、と――
われわれは憎む、愛情の
釣銭ほどの濫用を、そして遠巻きな**群衆**
畝になった**笑顔たち**
それらを素描する**駆け出し画家たち**
しっかり襟を立てろ心のなかにあの嵐が
やってくる前に、泣きそうなら
おしっこ漏れそうなら
素直にたすけてと許してと、言うがいい

過剰

二〇一六年二月二九日　発行

著　者　大野　南淀
藤本　哲明
村松　仁淀

発行者　知念　明子
発行所　七　月　堂
〒一五六―〇〇四三　東京都世田谷区松原二―二六―六
電話　〇三―三三二五―五七一七
ＦＡＸ　〇三―三三二五―五七三一

Printed in Japan
ISBN 978-4-87944-248-2 C0092